回族当代文学典藏丛书

杨宏峰◎主编

去山阿者歌

马占祥◎著

黄河出版传媒集团
宁夏人民出版社

图书在版编目（CIP）数据

去山阿者歌 / 马占祥著. —银川：宁夏人民出版社，2015.11
（回族当代文学典藏丛书 / 杨宏峰主编）
ISBN 978-7-227-06148-9

Ⅰ. ①去… Ⅱ. ①马… Ⅲ. ①诗集—中国—当代 Ⅳ.①I227

中国版本图书馆CIP数据核字（2015）第275442号

回族当代文学典藏丛书　　杨宏峰　主编
去山阿者歌　　马占祥　著

责任编辑　王　艳
封面设计　石　磊
责任印制　肖　艳

黄河出版传媒集团
宁夏人民出版社　出版发行

地　　址　银川市北京东路139号出版大厦（750001）
网　　址　http://www.yrpubm.com
网上书店　http://www.hh-book.com
电子信箱　renminshe@yrpubm.com
邮购电话　0951-5052104
经　　销　全国新华书店
印刷装订　宁夏报业传媒印刷有限公司
印刷委托书号　（宁）0001036

开　　本　880 mm × 1230 mm　1/32
印　　张　5.5
字　　数　150千字
印　　数　1200册
版　　次　2015年11月第1版
印　　次　2015年11月第1次印刷
书　　号　ISBN 978-7-227-06148-9/ I · 1564

定　　价　28.00元

回族当代文学典藏丛书

主　编　杨宏峰

副主编　石彦伟　石舒清　李有智

马占祥

曾用笔名马茹子，回族，1974年2月出生于宁夏同心县。中国作协会员，少数民族作家协会会员，宁夏诗歌学会副秘书长，鲁迅文学院十七中青年作家高研班学员。参加第七届青创会、第28届青春诗会。出版诗集《半个城》。

承智慧世，回族文学之时代乐章[1]

杨宏峰

在全球化语境中，面对世界文学与中国文学的迅速发展与变化，民族心理结构的重组与来自各种渠道的文化交汇，当下的回族文学正处于觉醒与嬗变、返璞与升华之阶段，明显表现出一种认知本土、多维建构之态势，并取得了令世人瞩目之成就。这是广大回族作家选择既开放又坚守之文化策略，以其先进性与科学性认知回族文学的价值取向与民族现代性之建构。

回族文学是中国文学这个大系统中的一个重要组成部分。拥有丰富多样的民间口头文学遗产，其历史悠久、区域性影响广泛，同中亚与西亚以及世界历史文化有着密切联系，同时拥有众多作家创作的书面文学传统，构成现代文学之雄厚基础，成为考察其回族现代民族性之前提与依据。华夏独特的地理环境形成的文化积淀，孕育了丰富多彩而又极具特质的物质与精神文化，从古代回族神话、口头文学一直延续到当代回族作家文学，其间浩浩乎经历了几百年之历史烟云，成就了璀璨的回

①本文系第二批“回族当代文学典藏丛书”之总序，本“总序”在第一批丛书“总序”的基础上做了部分修改。

族文化。尤其是近代以来，回族作家文学浸润着古老的民族文化精神，凸显着一股蓬勃鲜活之气。回族文学在新时期以来的发展，基础扎实、步伐持重，故成就突出，百花满园，涌现出了强大的文学队伍，老中青三代回族作家形成了一个特殊的文学艺术共同体，共同体成员拥有丰富的民族文化遗产，并在文化想象与文化表达上具有一致性，皆能展现出其独特的自我意识。他们共同努力，勤奋耕耘，一批叫得响、立得住、受读者欢迎的精品力作不断涌出，不仅在少数民族文学界形成优势阵容，在中国文学长廊里亦是一道亮丽的风景。宁夏人民出版社历来关注和助推回族文学的发展，力荐优秀作家与作品，为回族文化留下丰富的心灵传记与动人的时代乐章，这是我们一贯坚持的主张。在20世纪八九十年代，我们就曾推出一套“当代回族作家丛书”，相继编辑出版了木斧、胡奇、张承志、马犁、马连义、张宝申等在中国文坛具有代表性的一批回族作家的作品。

后来，又陆续策划出版了一批以回族题材为特色的文学作品和理论著作，有力地促进了回族文学的持续发展与繁荣。这一时期的回族文学，在历史记忆、文化想象、族群认同等方面，具有特别重要的意义，并呈现出一派欣欣向荣之局面。文学的民族性是以该民族的世界观、价值观、美学观作为一种本质性之精神实体，艺术地表达一定社会与民族独特的历史与精神生活，在精神与实践之具体运动过程中不断变化与深化，并在文学文本中圆满地得到反映。民族文学一方面体现民族历史、社会特征，另一方面展示地域文化形态，两方面皆存在于民族文学的每一个结构层面里，最终体现在多层面组成的民族文学总体风格特色中。一个民族总是生存在特定之社会环境中，传承着特定的文化基因，有同其他民族文化特定之交汇，这是寻觅民族文化心理轨迹之出发点。长期的游牧农耕文化铸就了少数民族有别于其他民族之特性，这就是少数民族文学生存繁荣之土壤。在民族社会生活之表层，揭示出一种深刻的意蕴，亦即那些能够左右一个民族的生存与发展之特质，民族赖以生存之自然地理环境，特有之历史文化氛围以及特定的文化归属、情感归属、灵魂归属、信念归属、民族心理结构与民族性格。回族作家追溯本民族特定之精神文化与族群记忆，并对文化的积淀、地域的影响、生活的特质与当下现实进行深入探索，通过异彩纷呈的民族生活、特有的民族韵味，创作出了具有民族审美特质的作品。作品挖掘民族精神，向世人展示回族人民的勤劳质朴、豪爽宽厚、勇敢机智的性格内涵；让世人真实地了解到这一民族之所以在历史长河中生生不息、不断发展之内在因素。与此同时，回族有着很强的内聚力，这是回族人民生存之需要。有许多有识回族作家反思内聚力之二重性，在讴歌本民族这种内聚力所形成的勤奋耐劳、不屈不挠的精神之同时，还揭示了这种内聚力的消极之一面，即它所带来的封闭、对新事物的不敏感等，皆是阻碍本民族进步之痼疾。很多回族作家的作品触及与揭示了这些心理细节之复杂内涵，这表明了回族作家已经认识到困扰本民族发展之因素，这种反思与觉醒，对于文学的发展有着积极的助推作用。

每个时代的乐师，皆应弹奏出自己时代之乐章。时代精神既包含着现代意识，又囊括了当下人们可以感知的文学风格、审美习性、哲学思考、价值取向、社会情绪等多种社会基因。由于历史的变迁与各民族之融合，回族文学正处于动态变化与不断被创造之过程中。当下民族经济生活从自然形态逐步向市场化形态转变，从而导致了民族心理结构之重组与来自各种渠道的文化交汇。全新的经济格局以及新的社会心理与理念，既令人惶惑又令人兴奋地进入现代场景的五彩生活之中。在这种精神交汇、思潮辐辏之当代场景里，一向以稳重、庄严著称的少数民族文化也与其他文化一样，表现出顺应与参与之积极态度。在当今社会转型期，这种特质遭遇着前所未有之文学嬗变，新时期以来回族文学之实践也愈来愈表明了这种嬗变之不可抗拒性。故现在对回族作家作品或某种文学现象进行界定时，我们已失去了往日文学批评所表现出的轻松与从容，已经很难用回族固有之思维习惯、审美判断、情感表达方式来明确界定，这是回族文学自身在发展中带来的质的增生，也是对新的叙事模式的一种激情召唤。在这种文化愉悦交汇与思潮尽情辐辏的当代场景中，自然亦形成了现代理念与传统理念双重意识观照下的当代回族文学的时代特征与价值判断。特别是进入20世纪80年代以后，回族文学的发展出现了崭新之局面，涌现出了一大批作家作品。这个时期的回族作家较之五六十年代的回族作家，显然有了更自觉更强烈的民族文化归属感，对于民族文化、民族精神也有了更深入之认识与感受。在创作上，他们不满足于从表象上表达民族特色，而是努力深入到民族生活、民族思维、民族心理、民族情感的更深层次中去，深入挖掘民族文化、民族精神在人物内心世界中之积淀及其变化，力求在创作中将民族化与现代化、民族意识与现代意识、民族特色与时代精神较好结合起来，从而将民族的生存状态与文化性格揭示出来。从20世纪80年代到世纪末的回族文学，在民族性上，显然得到了极大的强化与普遍认同。这个时期的回族文学创作，其现代生态主义写作已进入了他们的写作视野，突出表现了在中国最浩渺、广阔的人文地理空间、人与环境及其他生态之特殊遗存关系。宏大叙事不再“一枝独秀”；许多作品视角下移，通过描绘普通人、底层与草根故事，把时代精神、民族精神的成长还原为具体人的精神成长，放大了人性描写，从而受到文坛关注。在创作方法上也主张多元共存，叙事类型、叙事视角、叙事模式与叙事手法皆逐渐呈现出多样化与个性化之趋势。很多回族作家在通过作品体现民族性上，有了一种自觉意识，有了文化归属感；在创作中描绘民族生活、表现民族的生存状况，皆更加凸显了民族性。这个时期的作品，与作为主流文学的汉族文学作品相比，没有停留在表现民族性的表象上，而是从精神之层面，从思想理念与心理情感之层面去揭示民族性，作品所呈现给读者的更多的是一种异质文化表象图景。在很大程度上，读者与社会也正是从这种异质文化图景来接受作品的。这种异质文化图景与民族性是一致的，并且凝结为一种精神动力，一种文化品格。

很显然，文学的民族性之形成与获得是一个建构的实践过程，在这个过程中，身份认同、文化想象具有特别重要之意义。人类学家科班说：“任何地域共同体，只要其成员意识到自己作为一个共同体成员的存在，并希望维持他们的共同体的整体性，就是一个民族。”(耶尔·塔米尔：《自由主义的民族主义》，上海世纪出版集团，2005年版，第59页)对作为民族实体的共同体之认同，将自己看成是共同体中之一员，在共同体中确定自己的文化身份，这是形成民族性之首要一步，也是最关键之一步。如果没有这种身份上之自觉认同，也就不会有民族性之形成。但这里的认同，不仅仅是一种身份之认同，不是那种一厢情愿地认为我就是那个民族的简单表述，更重要的是，它体现了一种文化的归属感。即是说，认同共同体的历史记忆，认同共同体的文化行为与文化价值，认同共同体的精神信仰；在想象中，将自己的命运与共同体的命运联系在一起，将自己的信仰、情感、价值理念等归属于共同体中，从共同体中寻找历史渊源、精神渊源、文化渊源、情感渊源，在共同体中塑造与被塑造。在很大程度上，我们可以说，文学的民族性是在文化想象中建构起来的。

决定一个共同体之成为共同体的是文化，体现民族文学中民族性的也是文化。民族文学怎样获得民族性，说直接一些就是怎样表达民族文化与民族精神。从本质上来看，文化是日常性的，就是人们日常之生活，人们的行为模式、思维方式、情感形式，人们的精神信仰，以及人们为表达精神信仰所创造的一系列仪式符号。建构民族文学的民族性，就是要求作家在文学中表达民族的生活，关注民族个体生命的存在状态与现实处境，从民族之日常生活中发现民族精神与文化品格，皆是民族命运。而要表达民族生活，揭示民族命运，更重要的是需要我们的回族作家有丰富的文化想象力与感受力，而这种想象力与感受力则是在回族作家对民族文化、民族传统、民族日常生活有皈依感之前提下才能获得的。回族作家对民族文化、民族传统、民族生活之认同，对于作品民族性之获得，是具有决定意义的。“生活在自己的民族中具有更多的优点。它提供了被重要的他者承认的可能性，不管这个他者是自己的长辈还是同辈。他们理解我，就像我理解他们一样。而这种理解在我的内部创造了在这个世界上我并非无足轻重的感觉……民族生活使个体能够享受到一定程度的、光凭自身不能体验的自我实现。”(耶尔·塔米尔：《自由主义的民族主义》，上海世纪出版集团，2005年版，第80页)当民族与民族生活对我们的回族作家有这样的意义的时候，回族作家创作中的民族性，就一定是一个自然之过程。亦即说，回到民族文化中去，回到民族传统中去，回到民族生活中去。这样，回族文学的民族性就一定能够得到彰显与强化，这是保证回族文学获得民族性之根本。

透过这些散发着浓郁回族民族特色的文学作品，我们看到了一个承载着坚韧、清洁、挺拔与希望的博大、宽厚的精神载体，看到了记录时代、紧贴大地、挖掘普通人内心世界的民间情怀，此乃源于回族作家对生活的丰厚积累和深刻洞察。这些作品，是对回族优秀文明及其精神信仰之依赖与传承，也是对当下时代的某种浮躁之风的抵阻。因为昨天的文化自觉，回族作家开始了对自我的审视与书写；因为今天这些作品的呈现，使我们对未来的回族文学充满更多的文化自信与美学期待。

我们由衷地希望这套“回族当代文学典藏丛书”所传递的民族精神延伸至全国与世界。因为回族文学的意义与价值，不仅在于对本民族的精神表达与民族性建构，还为构建文化强国贡献着独有的精神智慧；即便在全球化语境中，回族文学对维系民族文化的多样性、丰富性，并拓展华夏文明与世界文化对话，仍有不可替代之效用。我想，这正是“智慧天下”之意涵所在。

目　录 CONTENTS

第一辑　尘　事

第二辑　人　间

第一辑 尘事

去山阿

那片蒿草如此团结
它们神情满足，枝叶烂漫
在山间，树和草，乌鸦和麻雀
都有庄严气概
石头浑然一体，黑若点漆
白如粉淀。我被它们过度簇拥
显得局促不安

我穿黑褂，抱紧拳头
面对石头鞠躬
“小生有礼了”

我必将离去
我去山阿
我归于林下，隐于山阿
我一步一步提气
有野生的想法我也不挽留
有生发的企图我也不打点

我闲言少叙

我“不拘拘小节成名节”

原载于《回族文学》2013年第5期

清水河畔所见

我不愿意说：那几只野鸭还住在水中
不，它们住在水上，一个紧贴着
另一个。它们没有房间号和身份证
即使一个爱上另一个
也是直接的（我没有忌讳使用判断句）

在清水河畔，一半的冰闪着冷峻的光
一半的水依旧暖和
我用人类的文字写它们
水面上的波纹里有一圈一圈鄙夷的水色
和风吹的痕迹，不是象形文字

我的理论徒劳无益，是个伪命题
（我没有忌讳使用判断句）
我写字的双手没有羽毛
不是翅膀

原载于《回族文学》2014年第4期

山　赋

我当对你说：我远离了它们，远离绵延之山
我的描摹抱残守缺，即使山巅在弥补青空的高度
低处垂云历练风
一些无名野草走在同一条路上

我不愿打扰这静
雀群只散布槐树枝尖的黑
一只，两只，三只，甚至更多

这无用之词不能形容
“峰峦如聚，波涛如怒”
我当对你说：蒿草衣衫陈旧，我看青山寥廓
或许沉重，一起一伏之重

原载于《回族文学》2014年第4期

十一月二十八日，预旺镇，沿途残雪

那些蒿草已记不得我的名号，它们老了
老得仓皇，老得不是我与它们初识时
用绿色口吻打招呼的模样

它们脚下的雪也没有力气化为水
——这是我在预旺镇沿途所遇

我到预旺镇时，物是人非
沿街残雪留我白眼
只是尚未迁离鼓楼的野鸽
在上空向我叫出的一片蓝天
依然博大

原载于《回族文学》2014年第4期

黑套子村

这窄狭之地使我偏爱空阔荒野
偏爱繁华的玉簪花——它们只开两三天
然后剩下固执的枯萎

冬天来了，我宁愿是黑套子的
每一个——一棵草，一只羊或
一股安静的风

今年冬天不冷，香茅草还存在失误的绿意
圈养的牛犊眼光和善
我在这里，我隐藏了普遍的热爱

原载于《回族文学》2014年第4期

山居一日

不能轻视芨芨草尖刻的叶梢
它们试图表达风，表达土地的深渊
在山中，也不能轻视红蚂蚁
它们的社会井然有序

我不比水蓬草上歇息的克里姬蜂
见多识广。风刮着
潜伏在槐树里的火就烧出
绿色的火苗

山居一日，我胸中云气澎湃
众多草木和虫豸气定神闲
山峰直逼宇宙，一起一伏，卓尔不群
都是我头角峥嵘的浩大背景

原载于《诗歌月刊》2013年第10期

庙儿岭的低度写作

低矮能否形容一座山？它的腰身
简洁、细腻，略隆起的脊骨
日复一日地托起阳光，微风
梭草和鸟鸣

它低矮、它柔软，并深爱着
三颗红沙砾石的儿子和一树
纷繁槐花的女儿

它将低于落日余晖。柠条丛生
麻雀零散——
它无限延伸支脉

一个整体的山。占据天空的位置
半截山腰局促
半截峰峦趺坐
仿佛一生已被草丛深深掩埋

原载于《边疆文学》2012年第12期

薄阴天

这不合时宜的天气，不存在
方向感。薄阴天，黄土地
我写到过的植物和动物都直立着身子
在鄂尔多斯苔地和黄土高原交接处
田野平缓舒整。我在这里失聪
空气中满是石头一样的重
黑乌鸦要飞起来很不容易
我比一棵香茅草还要
低沉

白杨树衣衫整洁，器宇轩昂
鄂尔多斯苔地不突兀
黄土高原还是欠缺落花流水
我看不清大丽花的脸
只有一簇拘谨的红，一簇隐晦的白
这不合时宜的天气，大地已深埋自己的内心

原载于《诗歌月刊》2013年第10期

兴隆堡记

对于兴隆堡我的记录如下：

一个村子有一个村子的传承史，兴隆堡也有
我和这个村子隔河而居，一衣带水
有三棵或者更多的箭杆杨是兴隆堡的凭证
五百亩或者更多的田地里修辞学毫无意义
我亲眼见到两只喜鹊把一棵箭杆杨作为自己的国度
一角天空，半面土坡都是它们将要开发的疆域

兴隆堡有质地良好的红胶泥
可以烧陶制砖——让生活更瓷实些
我曾失手，一个陶罐命运破碎
我在这个村子里的亲戚都头戴白帽
每天五次祈祷，沿着顺时针的时间
每个屋舍都悲喜交加的有剧情：独幕的，多幕的

——我记录的方式是话剧的

原载于《大昆仑》2014夏卷

黄河：九曲之殇

1

我和黄河直线距离一百九十七公里
我的浪花小，我的流水
静静潜伏在身体里
与一百九十七公里外的黄河
相互照应
不偏不倚地流淌
由内而外地泛溢人间烟火

汤汤之水，会逼近一棵苇草的绿
就像我和一些形容词狭路相逢
我的流水终归于土
河水终归于水
我抱着河流的名字混迹于人世
我不能轻易写下高海拔的字体
它们晕纸，晕不怀好意的误读

2

这古典的河流如今被淹没在

传说中。她生于坤象
“运行不息而前进无疆”
她怀柔，“吉顺而有波折”
九曲之形，有形而下的大漠落日
形而上的闲云野鹤
它们都有自己的万千气象

我必须与黄河保持山川的距离
以荒芜的寸草做背景
便于收集粗糙的风声和
贺兰山上打道回府的石头
我要全美这一次游历
在散乱大地上
我没有与众不同

3

一条河流折节而下，俯视雷声和闪电
让万物听见水声
她吞吐历代王朝
她只有一行记录
非连续的、剧烈的、瞬间的水
不是象形，也不是形声
有着龟壳的纹路

我要保持着对黄河的敬意和警惕

她有穿透的力，淹没的力和铺陈的力
上游是青海的，甘肃的
中游是宁夏的，我的
下游的浑浊是抽象的，是文学的
艺术的水，高于书写
有与生俱来的温暖色泽

4

这条河就是我的门第、名衔和出处
我必有九曲的奇数册页注明我的定数
一曲一朵雪莲苍白，山峦骨肉相连
二曲两只乌鸦墨黑，湖泊不见回音
三曲三棵雪松青葱，雪豹守住去路
四曲四亩良田成熟，黑鹳打破晴空
在宁夏，我名为青铜峡，字同心

黄皮肤的人谈河流，古老的金黄的
河流：五曲舟楫可渡他乡之人
六曲花朵葬身鱼腹
七曲陈述百谷和草木
八曲藏着一个大神
九曲之后，我不清澈
我沧海桑田地奔泻
心有跌宕，血脉充足

获第二届黄河金岸诗歌节三等奖

河　畔

一些树木手拉手多么亲热
它们围着水——一条延长的河流
迈着碎步子

我在河畔观察它们很久了
当它们相互背离
微风会乘虚而入

我毫无可比性，站在它们中间
逐渐泛绿，变细
并没有爱上它们，甚至其中的一个

一条河流液体的表达
有些浑浊。它们试图
突破围困——退回去的时候
四只乌鸦伸着隔膜的黑翅
掠过上空，显得陌生

原载于《回族文学》2013年第5期

河流事件

今天，风很大
大到遮天蔽日，我无法判断它的来去处
箭杆杨的叶子果断地守住去路
河水不亢不卑，即使有朵涟漪
也旋即稳住流向
安然自在地淌出一行湿透的句子

黑蚂蚁细致地给每段不成行的寸草
打上逗号——我宁愿那些摇来摆去的寸草
有着诗歌的品质
河水不忧伤，它在拐弯的时候
翻卷一些热烈的气息
比一个人的体温稍微暖和一点

风无处不在。“起于青苹之末”
“流水不腐”，窝在心中那些卵石般的事件
有些是上游的，有些也会在下游找到
渊源。河流身边景物鲜明，大风雄起
我被戛然吹开，在河流的某一段成为一个
单调且坚硬的事件

原载于《回族文学》2013年第5期

自定义的草

山坡上那些草是自在的
没有驴唇马嘴羊齿之类的胁迫
它们无所顾忌
愉快地在雨水和细风中
按照自己的意愿
一节一节地长。有的斜、有的直

甚至，有些面带枯容，有些发色泛黄
有些乱成写实主义的油画
循规蹈矩者有之
标新立异者有之
没有罪恶感，不庄严
这些自定义的草在一面动荡的山坡
至少不世俗

原载于《回族文学》2013年第5期

已经二月

等着一场雪来将我围困，二月咫尺眼前
天空尚且清白，在北方优柔寡断的
山峦指缝间，锯齿般的风
声音干涩，质地冰冷
将去年槐树留下的苍老尸身磨矮半寸

如果西山那朵云能为这小城补下一场雪
我愿再瘦五公斤，拿出我体内多余的水分
只要允许，甚至是血液也可以

我不怕齿冷，不怕干瘪
即使黑瘦下去，在二月
我也要做黑夜的一块补丁
让这北方的夜看上去
有一块货真价实的夜色

原载于《回族文学》2013年第5期

碧色寨

我到达时，这古典的寨子被雨浸透
人间烟火不断

买菜淘米，烧水煮饭
生活的场景在雨水中逐渐柔软

我离去时，狭长的街道已被走得曲曲折折
拗口的方言词不达意

前生就有的青色山系和
后世繁花依然的树木都是美好的

原载于《诗刊》2012年第12期

黄灌区

黄河也需要找张纸页记录流程
这平原里的物象都特色鲜明
隔段分行，植物的、动物的名词
横着码在河畔

平原的纸张还有写意画的色彩
我在五岁就知道，这是黄灌区
土地都被水浸润过
那时候，我还和糜子一样干旱

平原上，清真寺的宣礼词采用宏大叙事
我也是众多的穆斯林中的一个
热爱水，在黄灌区，我没有远方
我是名词的，有着流水的肤色

原载于《黄河金岸诗歌征文获奖作品集》

星期一

星期一适合和一株老槐谈心
简单回顾一下星期天
冥冥之中，两个如槐树枝丫的手指
拿去了我的一天
是的，我的一天，丢失声音的一天
即将忘却的一天和无所事事的
平静的一天

一天又一天，星期一只适合以手掩面
双脚向前移动——一些肢体的动作
没有悲喜，亦没有欢愉
在星期一我不会不刻意寻找
星期天丢失的杯盏、歧途

当锯齿般的风在傍晚
轰响。我只能皱眉
而且转身离去
留下没有疾病的星期一和
一无所事的老槐树
以及它们面带泪水的对望

原载于《同心》内刊

三　月

三月，一场雨和老槐树的交谈简单直接
说说春天的胸怀，或者河水的
柔软

三月，可以放弃二月的
旧，可以给远山描青色的
眉

天比水蓝，我迟到的文字
比地下的草更低
低于去年的草地

我尚不能确定槐花打苞的
准确时日，我只能确定
槐树枝丫间的风的轻

我还能确定三月
必将被四月代替
身前身后的金盏菊已开始迎风梳妆

原载于《同心》内刊

西北小城：时光即将抵达正午

可以确证：盛夏陨落的槐花对
土地的指认。流云雾霭对山巅的
托付。在西北这小城，无婉约的修辞
无绯红的譬喻。无生机

大片发育不全的黄土准确地起伏
百谷和草木年事已高，时光即将抵达正午
还有荒芜的人群，稀疏地
在小城验证生活。他们目露光华
与人为善

被命名的时光是浑圆的。在西北小城
一圈一圈地复制生息。冷静的云朵
开始撤离天空。这正午
无可书写的征兆。无可遵循的密约
无言辞

原载于《同心》内刊

米轨记

一节枕木挽着另一节枕木
一节已被过分的爱淘干
一节内心悄悄烧出绿焰

它们相互扶持，情不自禁
迈着碎石的步伐一路向前
它们就这样爱着，横跨两个国度

原载于《同心》内刊

鸣鹭镇的玉米

一地的玉米才是鸣鹭镇的
人世，高的犹如王者
矮的多像市民

它们中规中矩，相安无事
容许躲雨的虫子
在长条叶下栖身

被风吹拂，它们抖落晃动的声响
整理好沾尘惹埃的茎秆
而后安于现状

原载于《同心》内刊

以黑夜为明证

我抬起头。夜晚就来了
黑的破败而简陋。微光的星辰
需要安抚。我抬起头
想起昨天。是的
可能会被今天复制

就如我活在白天和黑夜
——充满程序和疑虑的
白和黑

我可以偷闲看一本
透明的书。想一个彩色的
人

以黑夜为明证。我抬起头
目光比以前和白天
要明亮很多

原载于《同心》内刊

在毛藏，
祁连山中的生活犹如桃源

牦牛和藏羊就是亲戚。他们和青草相依为命
梅朵在低矮的石砌窝棚里煎熬酥油
桑吉金多在山畔眺望羊群
被雪山撑起的天空清白而光亮
山坡上的青草俯下身子使一小股风
平静地吹过

祁连山显得雄浑阔大。它隆起的脊柱
将毛藏的人、河流、草场和牲畜抬高到
海拔四千八百米。雪线以下几乎已被遗忘
格桑花在其中怒放。在毛藏
祁连山中的生活犹如桃源

原载于《同心》内刊

小记杂木河

雪水清冽。石头冰凉。在满山青草和
针叶松的衬托中杂木河潺潺流淌
它在卵石的间隙里倒影了一小块天空的青和
几朵云低而且薄的白

途径被栅栏围起的狼毒花丛时
风正从山坡上漫下来
几块巨大的坚石兀自水中突起——
水纹明亮的起伏几乎超过了
三千八百米的高度

原载于《同心》内刊

毛藏寺

厚实的木板门打开。酥油灯小小的火苗
照进内心。即使四野的风
也不能把它吹灭

那个远离红尘的喇嘛目光清澈
他的藏羊皮袄已很陈旧
他坐在门槛上，对面照山
一弯新月挂在山上

月光洒下来，毛藏河犹如
一条银色哈达将毛藏寺轻轻裹起

原载于《同心》内刊

黄河小令

在曲折、在流、在洗刷
在澎湃，在哗啦啦啦地唱
在唐诗中接近天空
在宋词里切入大地

只是一根脉管：蕴着盐的血
一把黄土的血、混沌的血和
干净的血
只是一行文字：蕴着世俗的尘
毫无逊色的诗意，娓娓轻语和
蓬勃的力

在繁衍、在渗、在漫溢
在激荡，在无羁绊地汹涌
在江湖中老去
在庙堂里萌发

只是一把长矛：刺入土地的锋锐
溅起迷眼的光芒，溅起红柳

芨芨草和打碗碗花——一些细碎的物事
只是一簇淬炼的火：从冰雪中烧出
止于水，灰烬沉为泥沙，光焰冲上天空
煮沸整个人间

获首届黄河金岸诗歌节二等奖

星海湖：黄河边的一个标点

小得微不足道，小得只能折射阳光的一小枚
薄翼。星海湖——黄河边一粒淡淡的标点
用小身子隐藏了游鱼、田螺、泥鳅
这些终日与泥打交道的
善良的穷亲戚。水波是实在的
在风的鼓励下，有时绽放几朵
浪花。参差不齐的芦苇有时故意暴露
它的心声

星海湖：让五只水鸟开始它的命运
近在咫尺的黄河有时篡改它的履历
让它成年累月地小，某个雨夜
又让它膨胀起来——多像岸边
耕作的人，平静地生活，偶尔地
兴奋

这是八月。黄河上游保持了沉默
星海湖准备了足够的生育
即将承担这个秋天唯一的爱情

获首届黄河金岸诗歌节二等奖

青铜峡

就是“亚洲铜”。铜的土地
铜的心脏，铜的皮肤和
铜的四季

铜的水，载舟亦覆舟

在黄河坛上观落日的人
复习了久违的光——一身铜锈
仿佛从炎黄战场上留下来的
一个将士

获首届黄河金岸诗歌节二等奖

宁夏川

有时面对一粒沙或者叫不出姓名的
草木，我会失语
其实，我熟稔这地域
在西北被沙枣树的藩篱
和米谷的生息不断印证

两座山架起的宁夏川——在中亚
地理上被黄河镶了银边
寄居其中的山峦、湖泊和
沙漠都是有灵的

还有一轮新月会在灯火阑珊时
光临人间。我将在宁夏腹地
蠢蠢欲动，以黄河之水冲服下玉米
麦面和蔬菜的毒药
以香茅草的绿，刺玫瑰的红和向日葵的
黄，为被落日压凹的西山着色

获首届黄河金岸诗歌节二等奖

艾依河曲

蓦地飞起的白鹳带一翅
风生水起。成团、成簇、成丛的苇子
就摇曳
一个整编的队伍，根系茫茫之水

泛滥浪花，泛滥离水之鱼
可以濯缨，可以沐发
岸边之沙兀自涌起如浪尖

游轮滑过——将倒映的天空
分为两块：一块空洞，仅仅
包容了细风，薄云
一块充实，包容了三只灰鹤
二分苍茫和我被水打湿的心境

获首届黄河金岸诗歌节二等奖

夏末，在湾断头村

在湾断头村，环环菜已经老了
长长的茎秆上举着小小的白色的头颅
苦苦菜的花朵依然开放
一只蝴蝶驻留而后飞起

田地里密集的玉米尚未成熟
它们青郁的绿挤在一起仿佛是一个
整体

西山上，仅有一缕云朵泛着
白。这是夏末，苹果已经膨胀
麻雀在浓密的枝叶中悄无声息

原载于《同心》内刊

读《侯赛尼诗》

右手拿起，左手必然放下
读诗的人。地面凭着他们的尊容是光明的
犹如天空凭着星子、日月是光明的

在诗书的阅读中，不谦卑，不自我
犹如土，表象的本质在浑浊
内里清亮。比水更清，比光更亮

抬起头，拂过清晨的风
在拂过玉簪花时，多么碧绿
多么粉红，花朵开了
青草的喧哗止于结束

原载于《同心》内刊

写给门前的空地

收容了三棵刺槐，几丛苜蓿
一株水蓬草躲在角落
大丽花浓艳地开着，有些俗气
——它的花朵夸张地开着
并没有蜂蝶光顾

门前的这块空地一片生机盎然
为什么风总是盘旋在这里
——窸窣的声音不断响起，还有
几只蚂蚁匆忙的身影
它们的劳碌是命定的劳碌

原载于《同心》内刊

抒情的院子

借助两棵枣树的绿来赞美
风。借助一棵沙枣树五月的
花朵献给一场雨
借助我的童年来验证
这院子里稚嫩青涩的
苹果在深秋泛出的黯红

以及梭草的黄提示炉火
以及香茅草的阴影填饱
牛羊的好胃口

南墙阴影处的花狗的
心甘情愿。它正午时分的
深度睡眠，以及粉红的
舌尖上留有晚餐的香味

一切相安无事，这抒情的院子
更空泛、更静、更深入乡村的
细枝末节

原载于《边疆文学》2012年第12期

被描述的风声

当我描摹下傍晚的风声时
我听见狗叫声。激情在萎缩。黯淡的
目光仿佛一株花在深秋凋零。风
正在从屋檐呼啸而过
这不可言喻的风声，把光线从
墙内甩到墙外。我能想到
十里之外的花木，飞鸟和疏朗而斑驳的
阳光会被风吹得多么零散

这是个不利于描述的傍晚：一切都
相安无事。我
仅仅听见的几声狗叫也倏而停止
唯有风声
那风——深埋了一个脆弱单薄的人的
倾听，甚或在他黯淡的目光里响起
那风——湮洇了一个淡淡忧伤的人的
想法，甚或在他荒芜潦倒的内心响起

风声中有深秋的吟唱，我可以说：
音调是萧瑟的。有发黄的叶瓣
有蝴蝶放弃的翅膀——一些满是自由的
飞翔，以及载着流浪痕迹的微尘
都被风喃喃地吹向南山
连同山顶原本静立着的一朵晚霞

我认为它不会停止，至少在这个陈旧的傍晚
当我听到另一股风声——
那是从一个人疏密相间的骨头中响起的
夕阳业已归山，一个人在风声中立刻面临
巨大的黯淡，多像一朵花在深秋的
风声中面临自己的命运

原载于《同心》内刊

这样一个夜晚

我羞于用比喻句式
星星已被一些苍白的比喻磨亮
月亮也因羞怯而于西山推迟悬挂

这样一夜也不应用拟人句式
星星照样亮着
月亮的一半在空中，一半在水中

“像很多个夜晚”。即
夜晚像夜晚。这样的废话
在诗中，会被窗外愚蠢的蛾子嘲笑
会被槐树铁锈的枝丫嘲笑
会被大丽花的一个粉刺嘲笑

这样一夜，也该抛弃排比句式

原载于《同心》内刊

东海之滨写大海

今天，我写大海，在东海之滨
恣肆之水是物象的。一个接一个浪花里
藏着意象沉沦的白沫
我看不清他的边际
他湿透的前襟泛着蓝光
水面四平八稳。四野只归于他
包括一部分天空

他洗不净我。我涉水
沐发。浑身满是这个时代
带有隐喻之意的细沙

原载于《诗林》2012年第7期

再写宁夏

他有着赭黄色的肤色，背面的
贺兰山上槐花高歌。窑山如一节脊骨
埋着黑色的血
正面的六盘山上几棵松树
秉持年轮

他身侧的黄河是浓稠的
血脉，岸边散乱的牛羊
啃食了一千个日月

他没有丢失殷鉴的辞章
他是宁夏，又被称为塞上江南
沙坡头上
有一头野狐路过时目光凛冽

原载于《2014中国年度诗歌》

车过关马湖

西天的薄霭如幕纱，让四野
平添了几许人世烟尘
车过关马湖，一面照亮大地的
镜子，对应了
东山顶上的一弯新月

马呢？——迎面的晚风
是野马群驰过莽原的鼻息
当关马湖逐渐向后移去
车子迅疾地陷入无边暮色
仿佛陷入野马群巨大的褐色披风

原载于《同心》内刊

固　原

还是东岳山上杏花开，还是清水河流
绕城过。四野萌发的庄稼青绿里泛着
荒凉。秦长城上路过的风悄无声息
在固原，还是那些像青荞或燕麦的人群在
涌动——古城脚下的瓦砾内心陈旧

固原，固原，六盘山下良禽择木
三关口歌谣失守
和尚铺里五朵梅咯血

原载于《同心》内刊

晨雨记

无边的水在清晨从天空洒下来，大地上的
人群和物事都是需要浇灌的花朵

——无边的静，即使有些声响
也是在静静地发出
一个人迷离了目光
放松了身体，内心的芽在慢慢
萌发

原载于《同心》内刊

路过马家大山

路过马家大山，我的视野之内：
遍地羊群只是过客
牧羊人身背苍茫群山，在风中摇曳
梭草怀抱焰火，槐树挺直身子

“峰峦如聚，波涛如怒”
从一个刚刚入睡的林边经过
我就看到风和风声
早已突围，呼啸而去

原载于《同心》内刊

冬　天

可以留给我一小块冬天，一小块它的
雪，一小块它冒着热气的冰
都放在我发烧的额上
让我灼热的血液里保留寒意

我只需要一小块，像针尖一样
刺入我满是岩浆的体内
必须这样——我用它冷静
像一块石头面对人世一语不发

原载于《同心》内刊

斋　月

回民的斋月里，我们保持饥饿
在黎明一线或暮晚暗霾中
有人端着火焰的水杯
照料枯槁的内心

原载于《同心》内刊

西山辞

我记在笔记本上的句子如下：
一道门槛挡住积云向西的脚步
旷野多么低沉，我烙在地上
像灰烬的影子是暗灰色的——那不是我
我远离西山，一点一点地在暗中磅礴

原载于《同心》内刊

在郊外

我身处于这阔大之中：如落落蓬
如香茅草、如苦蒿、如马苋草
用慢速度的笔墨修饰
幕天席地

我只扶正秋葵，四野布满
四分之二节拍
我在郊外的物候中
使劲拽住亢奋的词语

原载于《同心》内刊

简单地记下傍晚的河湾

抽象的土崖还站在西边，它挡住
落日的余光。土崖更像一个线条
抽象、单调、一动不动

浅浅的流水重复着一个词：流淌
经年的流淌，固定的流淌
不动声色的流淌

我只记下其中突兀的一个细节
——让土崖沉下去
流水泛上来，这样就能
接住黯淡苍穹淌下的
一节照亮人间的月光

原载于《边疆文学》2012年第12期

四朵槐花落于地面

给四朵凋谢的槐花重新命名
确认她们的白色的美，纯粹的下落和
毅然的凋零
在丛草的地面放弃繁华

一朵有着黑眼圈
两朵有着黄心情
三朵脸面依然稚嫩
四朵白绸包心

她们如此简单
不隐藏衰落的年华——
在曾经的夜里，她们香气漫溢
比一只鸟的歌声更远

她们配合了节气
亮着白银的光
悄无声息，在此时
守住香气，一动不动

原载于《扬子江诗刊》2012年第6期

一天如此迅捷

我拥有的简单的一天不过如此
以晨光洗脸
在灰黑的暮霭中写下更黑的字

书桌上茶杯的闲暇和
路途上的劳碌
都被仓鼠的匆忙窃取

我力所能及的是干净的
消费一天的光阴

其余，我真的不能确定
包括：午时阳光的热
子时月光的清

再补充一句：刚刚抬起头我就发现
一天的光阴刚好从麻雀的翅尖
划过，如此迅捷

原载于《边疆文学》2012年第12期

鹳雀楼

可以这样形容：欲穷千里目
可以这样修饰：更上一层楼
在鹳雀楼上，可以推敲天空
可以以花鸟入药，医
一段泛黄的相思

即使几朵闲云还披着大唐的
风尘，即使楼角的风铃还保持了
宋代的沉默。远处的青山早已陷没于
落日余晖，而近处
汤汤河水古典的气质难消
文言时代的块垒

鹳雀楼上，众鸟迴临
她收藏高山、大海、落日、黄河
犹如王之涣的一节柔肠
或者就是那四节诗歌
一节一节直抵盛着流年、风月
激情和苍茫的海

给予她足够的高度，高过一千五百年
给予她足够的时间，长过一百二十米
鹳雀楼就可以在唐诗中接近天空
在宋词里切入大地
就可以深入世俗的烟尘
把兴衰的经历安排到合适的楼层

原载于《黄河文学》2013年第2、3期

大前门：中轴线上的设色生活

以酒，以牛羊、布匹、珠玉和砖木屋舍
为前门添些许古典气质。以一首奢华的
绝句，赋予她声色留香的诗意
中轴线上的设色生活
左边花红
右边柳绿

“前门辇路黄沙软”。前门包容了
人间纷繁的烟火。在中轴线以西
形而下的生活整齐码放。以东
行云流水，老字号的热情
和声誉较好的叫卖

一个城市被整齐划隔，不偏不倚
上空晾晒阳光，长街万人空巷
他们怀抱姓氏，相与为善
在一条街道
中庸地行走。在前门的
设色生活中热爱美好，“恒日暮不休”

原载于《朔方》2014年第3期

永夜歌

适合关闭灯盏和星宿
适合捧着心跳和呼吸
关闭单调伶仃的目光

适合披着黑色的风声

潜伏在白天的琴键破梦而出
在天空斑斑点点汇聚，有些
浅显地亮着，有些发出汩汩的流水声

原载于《同心》内刊

深秋过黄河速记

我保持流淌的样子
隔着我，汤汤水上
云朵散乱仿佛冰碴子——隔着云朵
再向上青灰色调很淡

我心生罪孽
水中的腥味并不轻松
云朵不是苍白的纸页
水鸟高声叫出的标点无迹可寻

过黄河，河水是旧的
在拐弯的一瞬间，我看到了：
之上，有些高，之下，河床上的干草
铺开了一望无际的柔韧的枯萎

原载于《同心》内刊

正月十八，雪，行路难

我择日而出，正月十八
大雪磅礴——它们陨落得无比坚定

直冲大地，开败了的花
我留不住一朵

我踩着它们泥泞的尸身
我走得狼狈不堪

“大荒沈沈飞雪白”，正月十八
我在白里看到了黑

一朵一朵陨落
在春天又从地下探出

红的、黄的、粉的
都是被我踩到的颜色

那些白的
没有挡住我的脚步

原载于《同心》内刊

日常记录

理短发，读诗书，继续走路
把繁复的时光寄放于路边零乱花草
沿着蚂蚁过往的路径再向前延伸一节
像一头简单的驴子
睡了吃，吃了睡
不考虑什么时候挨刀
注重眼前形而下的幸福

着长衫，挟纸笔，饮酒
白纸黑字地记录迷误和爱情
一分行就是一首暖心熨肺的小诗
把园蛛的白眼和槐花的开谢
作为人世道场修炼的证据

看女儿画画，保留时间的慢节奏
淘菜洗碗，整理五脏六腑的
秩序。看盆花坚定的娇艳，散步
将一块合适的夜色留在窗前
洗手擦脸，干净，不零散

守着新月失眠
或者映亮自己苍凉的脸颊

原载于《朔方》2013年第8期

兰　州

暮霭之下：一座城市模糊的面容
不断被灯火擦亮。还有黄河
穿越而过的汤汤流水
带走了什么

五泉山上吃蝎子的人突然拥有了
良好的肝脏。仿佛一座城市拥有了
铜奔马、佛龛、飞天壁画
马家窑彩陶、木轺车、蔡侯纸
——一些真实或者复制的旧时光
填充了兰州
成为骨骼，在高楼林立的间隙里
把一座城市支撑得如此苍凉

原载于《同心》内刊

旱天岭记

遍野的芨芨草长高了。西风吹过
旱天岭突兀，连绵起伏的丘陵
仿佛在奔跑——芨芨草向同一侧倾斜身子

几丛柠条被拒绝在村落之外
它们蜷缩在一起
一小堆一小堆地爬在山坡上

当有车辆疾驰而过，尘土飞扬
还有几只麻雀倏尔升起
在空中留下的尖叫，响在风中
而后归于宁静

原载于《同心》内刊

七月十三日，三十五摄氏度

估计阿不条村的老槐树需要云朵
估计倒墩子村的老枣树需要云朵
估计豫海湖单薄的水面需要云朵

七月十三日，三十五摄氏度的温度使我有点犹豫
透过窗口，我看见一只麻雀拖着火的翅膀
在天空画出一条细线

——天空晴朗，艳阳饱满
在宁夏南部山区的小城里
一些人在阴影处低垂眉眼
一些草叶在山顶试图劈开阳光

原载于《同心》内刊

大郎顶上有朵云

大郎顶上的那朵云极有可能是被
一场大雨有预谋地安置在上空的
她衍生的细密的水的幕布将会由南往北
依次遮蔽预旺、田老庄、马高庄、下马关
和韦州

它还会逐渐铺向
北面的罗山，西面的窑山和南面的
莲花山。沿途风生水起
在深秋的大地上洗绿了一些即将苍老的
物事

原载于《同心》内刊

八月十三日，大雾

马强目光漂移
杨文明若有所思
余生成心事不宁
我，一抬眼就能看见雾气沸腾的
街道上落满声音的碎片

这是斋月：四个散漫的男人
在被槐花包围的露天亭子里
谋划秋天的命运

被广电铁塔撑高的天空很难看清
连四面的山也退隐于雾后
当马强说声回家啊
天色就慢慢暗下来

杨文明就明亮起来
余生成平静了许多
我，捡拾起一朵落地槐花
内心里对秋天充满怀疑

原载于《2011中国年度诗歌》

无边的蒿草，无边的天空

我甘愿沉迷于这宁夏腹地小城的
平庸生活中。东山在清亮中渐次
光明，西山的薄云在绯红中逐渐黯淡

就像一股风在追随蒿草的影子
不断从山下一层接一层地爬上来
发出窸窣的喘气声

——这是庙儿岭。我身处向阳的山坡
面对生活其中的小城由衷喟叹：
无边的蒿草命定的蓬勃
无边的天空盛着如此盛大之空

原载于《同心》内刊

关于湾断头村的补记

犹如心境上的一小块锈斑：一个村子
在清晨或傍晚的光亮中经历人世

它包含了曲折的渠道。安静的院落
扑面的微风和麻雀之类的小鸟

其实最多是玉米：有着沧桑的绿
厚重的绿，寂寥的绿

犹如一个简单的隐喻：有些土地是盐碱的
有些杨柳是发抖的，有些人是情愿的

原载于《同心》内刊

小记：一杯茶

就像一杯满满的心事，水汽沿茶杯氤氲而起
仿佛一个人虚无的想法
一小会儿就没了，当低垂的眼神稍显陈旧
那杯柔软的水，金黄的水就平静的
有点象征意味

原载于《同心》内刊

静寂之晨

这被楼宇遮蔽的静寂之晨
我惊异于鸟鸣依旧被槐树巨大的
树冠收藏。惊异于
这逐渐发白的天空还在残留了
一部分塌陷的梦。当我把一节迷离的目光
安放在这静寂之晨：它是否像
十米之外的那棵白玉兰树——
又将一片花瓣狠狠扔向大地

原载于《同心》内刊

西 北

一只麻雀可以说服西北
我可以被说服
即使西北被一棵草勾勒
被一只上下翻飞的鸮
一再定义

这广袤、这空洞、这迹象
是大地的

这山峦和河流，这羊肠小道
是起伏而曲折的

这西北，直观而丰盈
可以用一生的血气去补充
一块苍老的石头

原载于《朔方》2014年第3期

夏末纪实

可以看到：阴郁的天空需要更多的
云朵去擦拭。泛青的山峦呈现
波浪般的线条勾勒远处的远

可以看到：高大的老槐的槐荚饱满
犹如孕妇。灌木丛里的园蛛修补好家园
享受午宴。其间，路过的一阵细碎的风亲吻了大地

原载于《同心》内刊

在雨中看到白玉兰

再次沉湎于臆想，不再挣脱于
玉兰花枝的窠臼，放任了
偏左的那一部分，包括焦虑、猜忌和
如花苞一般无意义的克制
包括愤世、俯视和
如根系过度的膨胀

多么轻松，在大雨如幕的傍晚
多么自在
顺便推开窗，再次关注那些
站在水泥道边的白玉兰的叶瓣
它们的凋落，恰好回避了远处的春天

原载于《边疆文学》2012年第12期

黄河边上写雨水

一个接一个湿漉漉的水珠，整整齐齐
排着，下坠，入黄河
水砸进水
迸裂光线，肤浅地跳
试图洗去浑浊？黄河之水
逐渐宽泛，整理好声势
抖一抖两岸芦草
顺势流向苍茫下游

原载于《边疆文学》2012年第12期

为一个小城写的诗句

我会毫不在意这个小城的简单和空洞
我会用很少的几个形容词
修饰她粗粝的黄土的身子
初春泛绿的槐树的脸颊。我会毫不在意
她悖论的爱欲，一条贯穿东西的正道

她干旱、芜杂，像一幅留白过剩的国画
西边的山叫花路坡
东边的岭叫庙儿岭
她让北面空着，给南面安排了
一条细流拐弯的位置

我在其中。我衣衫上留有
她土气十足的味道。我是用过她身体分泌的
植物的、动物的词语。但——
我怎能假借她无足轻重的名义
写下诗句——一旦我写下
就身陷黄土，败如枯草

原载于《诗刊》2012年第12期

六行幻想曲

在傍晚的阔大里，我有隐忧
你看，西山的闲云被橘红色的虚幻一分为二
一条静默的河流倒影了一座城池埋下的文字

我觉得西山不适合抱着微风做春秋大梦
甚至不适合我去描摹：一节白骨
一行诗句、一个黯淡的姓氏、一张旧面孔莎草弥漫

原载于《同心》内刊

青海湖：大地上的灯盏

山上的石头沉眠于水中，无边的森林四散奔逃
——它们丢弃的尸骨，开着白色的盐花

青海湖试图容纳一个完整的天空
甚至在水边安排了几朵流云的位置

或者停止流淌，保持十万吨水的深沉
或者明亮，在深夜里成为深埋大地的脉搏

正是水的血脉滋养着
青海湖安居北方的根根硬骨

原载于《宁夏诗歌选》

记录本

可以把一些有梦的时日分行断句，装订成册
把那些让我疼的部分摘抄出来，以备我莫名喜悦时复习一次
还可以把那些花啊！草啊！山啊！水啊！往来的人啊
都记下来，即使意义错字般泛滥在纸页上
还是记下来吧！就像一个三流木匠把完整的木头
砍拆成失魂落魄的木偶，它幽怨慈悲冷峻的眼神
照样看得世间一片温暖
我记下的那些字句也必能给我一段明晰的证词：
我败于世俗，字迹潦草，意味悠长

原载于《同心》内刊

亚儿玛村：雪地

平铺的白色静止如水，平铺的
山峦、河床失去了层次感
只留下与天空区别的线条。亚尔玛
枸杞园里雪才是富于想象力的

高低交错的枝条透亮，显得更加真实
村庄的生机主要是由炊烟体现的
这乡村晚景古典而幽雅

平铺的白色使亚尔玛村缺乏指示代词
羊圈里是羊，牛圈里是牛
它们都卧着并不动声色
是这世界的一个细节

我在亚尔玛村的枸杞园里不显得突兀
与一株枸杞并肩而立：枝条逐渐变瘦
身披雪花，茁壮成长

原载于《朔方》2010年第8期

窑　山

只剩下一股单调的风在吹着
我记下了一年无雨的重点部分
风吹过稀疏早熟的芨芨草时
我的沉默保持海拔三千二百米

我写的句子分别是：
干瘪的形容词，空洞的黄土
起伏的山峦呈现波浪的形状

原载于《同心》内刊

三月三，河边，晨曦中的风

风在吹，飘飘然。在晨曦中
吹过去年的枯草。槐枝上一个泛白的苞
不动声色地勾销了冬天
去年的河床上，荒草深埋的绿
今年，在三月三又要醒来

天像熔铜，大地如黛
河湄被风铺上一层潮气
风在吹，飘飘然。在三月三
为离去的夜色和寒冷铺下茅草
誓以黎明

原载于《同心》内刊

最后的雨水

即将以黄陨落的树木的密叶在
深秋的雨水里又一次返青。我看见
山顶的钻天杨矮下身子，山脚下
老槐扭曲的树干逐渐伸直

今年，最后的雨水就暗暗地罩在小城的上空
像一层薄幕遮住了生活中的戏份
细密的雨线串起小股的风
使它们在飘过树木时显得很重

原载于《诗刊》2012年第12期

晋宁县

在晋宁县，我接受我的两面性
——一边透湿，另一边干着
滇池里那些四季流浪的水
简笔描画的水，高于海拔两千米的水
北方向的水，将我眼睛描蓝的水
倒映了我，用微澜照应了风

环湖路上，我就是一个心有企图的过客

“我不能拿出我的松柏柳桑的底气哪
它们来自土地
绿色的茎秆叶片都是被血浸染的
略带暖意”
在干着部分，我穿过宿命的环西路
上小团山，就见关山、荒天山、青龙山

每座山头的云朵都是婉约的
再向上就是晴天辽阔
向下，众生的城市里一个国度的气息在四散奔走

获大航海诗歌艺术汇“银帆奖”

在普照寺

佛还坐着，不说话
在普照寺的大殿里
佛坐成石头
——一块冰冷的缅甸玉
带着神光

我看着他
他看着地，或者看着自己
——一动不动地看
墙上的帘幕被风吹起
缓缓落下

一股阳光跑进来
我看到了亮，还有温度
我想起的诗句：
“椅子，篱笆和石头从静寂中
突然挺起身来。”

获大航海诗歌艺术汇“银帆奖”

像草一样幸福

它们卑微的生活其实是幸福的
清晨享受水露
午后享受阳光
傍晚再一次审视这平静的一天

当一场意外的雨落下来
它们的一生就会青翠
遇见命定的风，它们也坚持地
站立着黄

原载于《同心》内刊

米钵山

鳞甲峥嵘，这山向东匍匐在大地之上——
交错的山岩布满青光。心跳一般起伏的山脊
越伸越远，直至遮住整个西天

一朵流云静止在山腰——
那是由于一棵目光浑浊的老槐伸出枝条
恰巧挡住了它的去路

原载于《边疆文学》2012年第12期

客观叙述

缺雨少水的马苋花埋怨轻浮的云
她如此委屈——她的蜜蜂的
兄弟在胡麻地里沾花。蝴蝶的
妹妹在糜子地里惹草

小小的马苋花也不感激风——它们只会拉着
云朵四处乱跑。她紧扣地面的
小叶片上
几只蚂蚁沦为过客

马苋花很愤怒。她的血液上升
你可以看到——下半部分的
紫漫上来，上半部分的白还在
忧虑着

原载于《边疆文学》2012年第12期

第二辑 人间

人间世

偶尔我会失语，像躺在茧里的
蛹虫，一动不动，失去牙齿和
软舌头，失去眼睛和
退化的鼻息

一动不动，风也吹不动
爱的人和离开的人都
不动，成长的经历和挫折的
疼也不动

这巨大的人间世和
那个没有特征的人都不动

直到某一刻
目光回来了
手脚回来了
爱的人回来了
我才能找到所处的
位置：一张尘埃的书桌前
潦草的头发，委屈的面孔

原载于《朔方》2013年第8期

塞下曲

我不骑马，我坐车
在高原狭窄的路上走往云朵的落脚处
长树短草，长垣短峁
长天——挂在山边

我不奢望富足或失落的王朝给我明证
我满眼“春色未曾看”
“处处黄芦草”长得茂密端庄
我在西北高原

天狼星被积雪覆盖
我慷慨心声
只见烟尘，只见北风吹着草
吹着我华色渐失的万里长调和
五言绝句的阔大背景

原载于《回族文学》2014年第4期

笔记体日志

二〇一三年十二月十八日
零点五十二分，天空弥漫的黑色还软着
我还趴在一页纸上计算昨天的得失
欠马智三千元，给女儿买唐家三少的书
一箱酸奶已二十二元
我想，我还在生活的表象中

读汤养宗的《人有其土》，我的土
海拔三千，鄂尔多斯苔地。
黄土高原，有高度也有难度

这个冬天还缺少一场雪的修饰，院子里的槐树
肯定霸气十足
我需要喝水和使劲
这一天是十八日，外面还是简单的黑
一团混沌的黑
好像再提示我一边放弃语言
一边忧心如焚

原载于《回族文学》2014年第4期

西　安

——致X

突然就想到了这座城池
冰凉而静寂的碑文
冬天披雪的旧年历

那里有个人
驻过三十年
说话不押韵

我想起时，青砖蓝瓦
回复韶华

我言不由衷，一个城池几近暮年
那个人风景阑珊
使我一一拍遍阑干

原载于《六盘山》2014年第3期

今　年

今年
我没有大事

我看过的书旧了
走过的路还需要走几次
这个小县城的一些房子已经拆了
另一些房子一个一个叠在一起
像一本旧账

二十四节气尽失繁华，跟去年一样
沿着北温带转了一圈

岁末年终，我理不胜词
年初的雪睡在一场雨里
自春而夏，有那么几朵花
在秋季的预言不完全正确

原载于《回族文学》2014年第4期

静夜思

——致邹昆凌

向晚的风还在吹，我就心动了
我仅仅把这平仄不齐的语句
献给梅里雪山的石头
它二十四摄氏度的恒温
在夜晚捂热一块斑驳月光

高原上的月光常年印证怒江的心跳
在高黎贡山一起一伏，它们有时泡着药酒
浸透我寒气逼仄的血脉
我的来历可以省略，我的词语
在云南穷途末路，一个一个地生长

原载于《同心》内刊

关于我

我肝胆不相照
我有节肢动物的胃消化抑郁
我接受诟病、谬误和心境上锈斑
我保留目光的质疑和含糊的清白
我在你们面前失语
我只收集我爱着的或浅或深的伤口

原载于《同心》内刊

去向彼方

我有时阔步向前，甩动抽象的
上肢，用力迈出左脚
轻轻收回右脚
像一只怀有雄心的公鸡
走的端庄严肃，不愠不火
试图背离身后之事
面对不确定的彼方

我确定左肩有恶的胎记
右肩扛着坚强的星宿
我泰然处之
经过一条盛着燃料的河流时
我还确定
我将踏上一座不偏不倚的山峦
若春花，若秋草

原载于《回族文学》2013年第5期

大事记

马俊生手持一把火热的刀子
虎峰的单车上坐着端庄的风
海燕把自己压在纸页下
王晓静的茶杯里满是耳朵
马月的夏天色彩大面积浓重
杨辉在清真寺边卸下风尘
竺永峰在菜园保持土豆般的沉默
徐耀成还爱着内心的病症
周兰英记录了路边的野花私语
杨文明手握盛着昨天的杯盏
李雅男的布制衣衫裹住一条河流
马强给槐树枯燥的枝丫补上绿色的芽
丁桂兰与人民币保持距离
余生成率领自己行走乡野
马伏科刚好和一段文字对称
杨琴在地图上找到故乡
马尚燕长满绿萝的叶子
锁秀莲整理了英文字母的秩序
马占祥四肢竖行分成段落

杨军“在头顶的山上它缓缓踱着步子”
买小琴操杖以行，量出自己的路途
杨东“其状如豹，而文题白身”
于彩凤字迹鲜明斐然向风
杨鸿宇在东部山区视野苍白满身空旷
马智身非明镜，沾惹四散尘埃

他们都有着自己的史册，
把自己的演义用慢镜头演给自己

原载于《六盘山》2015年第2期

四个人

星期天，三个男人白发的
鞭子，浸在一个女人笑容的
液体里
铺陈一桌牛羊宴席

他们说起昨天。是否是
伪命题？那些流失的
假象，每次都在预告
“在那天，那件大事将要发生”

之后的光阴是脆弱的
将有一些蔬菜的浮华
一些时限，半夜或少一点
或多一点

瓷杯的光反射预定的
容量。他们一张口
就喝下落日的热
内心焦灼

四只陈设甘醇的杯盏
得饮河渭
使四个辜负衣食的人
凭借每个手指复原言辞

而且喊叫，而且抑郁
甚至不能自持
而且在荆杞的桌椅前饮下
虚构的一天

原载于《同心》内刊

八月八日记

八月八日，一树槐花放弃了
白色的脸，甚至是紧随麻雀的
一道灰白的风
八月八日有粮食归仓
我吃下了一夏热烈的词

树下梭草的面积过大，我的欢乐
在草尖上抖动，意料中的
河水不会挟带我更多的
浑浊。我会选择一棵繁花似锦的
槐树作为亲人，与他背靠背
相互用姓氏扶持
度过一天阴晴变化的时光

八月八日，有着崭新的清晨和
用旧的傍晚
这些都是可以被西山收藏的
好记忆，而发白的云朵早已为
东山准备好记下诗句的纸张

我不会放弃八月七日的流水账
和一个丢失名字的女人有过蛛丝般的
对峙
还有八月九日，在夜晚的星空中
能找到她的马迹

我滞留在诗书中，双手
空空如也。哦
这是个错误的句子：我有着
一天尘世的尘，在左心房
我还卸下了八月八日一天的
相安无事的衣衫

原载于《黄河文学》2013年第2、3期

矢车菊

我不能描述其他的颜色
除了紫——使我抑郁
你看我身上条状的叶瓣已大片丛生
我头状花序的发梢有锯齿

我在簇拥的矢车菊中以紫呈现
我会把血一样的紫拿出来给你

像所有的矢车菊
不会折射阳光放弃的一节白
像一朵矢车菊放弃土地的火焰
在你手中轻轻垂下淡紫的头颅

原载于《诗刊》2012年第12期

关于雨水的书信

——致聂元松

今晚，北方的雨水突然
密集，慢慢地落到地上
比南方的雨水粗
也比南方的雨水重

北方的雨水就是这样粗粝
硌得我无法安睡
它们喊叫着跑向南方
仿佛一些动词、形容词或者名词
翻过山时山还青着
趟过河时河已浑浊

我给你写信，却被雨水
浸得发白，相对于一个藏着
星星的夜晚而言
我还发出光亮，瞳孔水分充足
笔调湿润

它们都跑向南方，比我书写的

速度更快，宁夏、陕西
湖北和湖南——沿途的省份
都草木葱茏
世事和平

今晚密集的雨水不冷
在向南方跑去的途中逐渐发热
比一个人的体温略高
比溽热的南方稍低

原载于《油建文学之友》2013年第1期

我在半个城的简历

在这西北的小城中
我反复练习过成长
抱火入眠

我的履历表上写着：
一岁学步，七岁上学，二十四岁结婚
目前，三十八岁，有两个女儿

父母已深眠于城东的回族公墓
坟头的草每年绿一次
又会被来年的风吹灭

这小城也虚荣地繁华
依旧被一条小河和三座山峁
不紧不松地围着

我曾外出过几次
走不远就被低矮的山峁或者
浑浊的细流找回来

只有身处这些头戴白帽的亲人中
我才会与自己和解
不在爱和悲喜中过于复杂

原载于《诗刊》2012年第12期

我要在湾段头村建一个花园

我要在湾段头村建一个花园，远离
身患哮喘、高血压、糖尿病、心血管病和
骨质疏松症的城市
给槐树和懒散的葡萄树留下
可以被风吹过的间隙

湾段头村中尚有大片可以用来
呈现绿的空地
我要给大丽花涂脂抹粉的艳俗留下
田园小径
给垂柳留下搔首弄姿的
水渠的镜面

只有湾段头村，沟壑般布满皱纹的脸面
恰好适合这些被城市围困的草木
随心所欲地生长

在下一个春天到来时
我可以度过草木的一生

在发黄的秋天，使我多汁的骨骼
也疏朗、也萧索、也任凭风吹掉
多余的水分

原载于《诗刊》2012年第12期

我贪图这小城的幸福

纬度上的雨水，经度上的冰雪
都是必然的。这名叫同心的小县城
秘密更小，幸福更小，忧郁更小
真相更小。我贪图她微小的幸福和忧郁
她的河流的脉管细且浑浊
山川的身体低且孱弱
我贪图，河边的红柳夏天是白的胎记
山畔刺槐冬天是红的美人痣

我甚至贪图她小小的虚荣和繁华
几条艳俗的街道，车不水，马不龙
那些戴着白帽子的人群
总在清晨的宣礼词中起身
熙熙为生，攘攘为计
清真寺于城南面对河水矗立
那河水波不澜，水不惊
泥沙俱下，绕城而去

她“天倾西北，地不满东南”

多麻雀、多槐树、多四季信风
我可以确证：东边坟茔里
有我的来历，西边流云只在傍晚
怀抱热情，烧红天空，擦亮星辰
我只记挂十字路口的槐花
初秋就在小小的荚里
藏好幸福。我还鄙夷过
屋舍楼群间流浪的猫狗
它们小而脏，不觉寒暑
也不觉迷误

我在庸常的生活中热爱诗书
在节日里念诵经文
热衷于小。在这名为同心的小县城
贪图世间微小的幸福
领略小块地域上的各种欢愉

原载于《诗刊》2012年第12期

不可说

看吧，清晨的雾霭藏好尾巴
清水河还在收藏卵石的掌故
它们不可说。看吧
黄鹂子迷失在麦地
西山还在揣摩云朵的走势
它们不可说

它们远离世俗，义无反顾

原载于《诗刊》2012年第12期

我不能指出下午五时一刻的谬误

那一节阳光刚好趴在窗台上，甚至
被风吹得一晃一晃。它不怀好意的企图，它世俗的热和
照耀的虚无，使这五时一刻的六楼突然
充满了可疑之处——我尚不能写下诗句
音乐还在忧郁。书本静静阖住臆想
我不能指出下午五时一刻的谬误
即使那一节被风形容的阳光还趴在
窗台上一晃，又一晃

原载于《诗林》2012年第7期

天祝记

——并致仁谦才华、扎西尼玛、王更登加

俄博在山畔耸立。经幡依然承担了
隐秘的咒。多么多的青草啊。在初夏之前
把大地的馈赠显露于尘世

十万朵狼毒花用色彩在天祝成全了祁连山
照山如莲。银措梅朗玛波澜不惊
十万青稞早已顺服于轮回的命运

天祝！天祝！天上祝福
地上幸福

原载于《同心》内刊

穿行于山中

山是祁连山：有石头、有水、有青草
路是砂砾路：有人在山上追随羊群，有风
在吹拂，有青天在头顶，有大地——
满是碎石

穿行——从海拔四千三百，到三千八百，到二千五百七十九
从山顶一直到天祝县

我的呼吸由重浊渐次到轻
我的血液沸腾，眼神飘忽
我的身体进入尘世。但
思绪归于宁静

原载于《同心》内刊

西　行

我偏执于向西
至甘肃，上五泉山
吃蝎子，败我内心虚妄之火
逆黄河，摇舟楫
喝三泡台，以一枚茶叶的绿
浸染白塔山上挣扎的石头

至青海，尕海边临摹
油菜花金子的黄
在丹葛尔古城卸下
一块青砖的重，然后，我如斑头雁
满身高海拔的细羽
饮下青海湖

至新疆，身陷冰川，使我枯白的发
少惹塔克拉玛干的沙尘。留下哈密和吐鲁番
一边吃西瓜，一边可以向西躺下
引天山之水
洗我骨头，濯我向西的
一节柔肠和沿途的硬伤

原载于《黄河文学》2013年第2、3期

回乡风情

戴盖头的女人，戴白帽的男人
有信仰的人，在黄河之滨
就像麦田里的麦子
渠道边的杨柳

他们有时在胡麻油中
煎炸生活中的闪光点
有时在清水中濯洗
内心的污垢

在回乡，我整理散乱的自己
面对如此洁净，甘愿深陷其中

获首届黄河金岸诗歌节二等奖

一九八七年，我小学毕业

马占强，男，回族，现年十三岁
系宁夏同心人
于一九八七年六月在本校六年学习期满
成绩合格，准予毕业，此证

我从小学毕业证上再一次复习了我的
来历、性别、姓氏
我的信仰和
根

原载于《同心》内刊

有所思

这黄昏的余光刚好适合
想起一个人，一个暖色调的人
我深陷暗处
身陷深深的风中
在槐树边
像另一株不动声色的槐树
我知道右手边的枝丫
还在惦记红嘴鸠和它
柔软的足爪
左手边的花朵
停止呼吸
轻轻裹住白天积攒的
芬芳

这黄昏多么辽阔
我身陷其中
想起一个暖色调的人
在黄昏的余光中
慢慢暗下来
只在槐树身后留下一片
巨大的影子

原载于《黄河文学》2013年第2、3期

今天，37℃

突兀的热
温度破坏了语气，在草叶下
找路的蚂蚁发出短促的词——呼
它顺便挥出短促而抽象的前肢

远处，一条河里盛着液体

原载于《同心》内刊

记　梦

那个醒着的人有可能是我
在梦中的帝王，锦衣玉食
歌舞升平，气象宏大
说话用短语

方格窗外依然是均匀的黑
我放下笔
试图再次闭上眼睛
完成一次偷袭

原载于《同心》内刊

记半个城的街道所见

这是大部分人来往的干道
他们步履轻便，也步履沉稳
路过的楼宇都张开窗户的眼睛
门户的嘴唇——一些人被吞进去
另一些被吐出来

他们走在人行道上也走在车行道上
沿着这逼真的街道秩序井然
熙熙而来
攘攘而去

原载于《同心》内刊

不能说出的，是我内心收集的火焰

需要片刻的欢愉来抚慰我内心的
荒凉。在这西北边陲的小城
我迷误、我苍茫、我单调、我
空着手。需要被
爱或者火焰填充
犹如一棵简单的香茅草
一朵年老色衰的槐花
被关注，被风吹拂
被两个暖和的手指轻轻掐住

我就在小城行走，头戴星光
躺下。我预计会有一个人
她芨芨草的长发披着
打碗碗花的眼神有别于散漫的羊群
使我免于愚庸
我不能说出。隐忍的闪电
早已点燃我内心收集的火焰

原载于《同心》内刊

余　生

去西宁在丹葛尔古城复述那些陈旧的
青山。去兰州在黄河上豪饮一段
新鲜的月光。去银川在西夏王陵躺着
发芽——为它补充一棵草的绿

而在这小城同心，我要在清真寺再听一次
宏大的宣礼词
拜访绕城而居的红柳

在余生，还要学习星辰的密集
太阳的下落和月亮的上升
学习它们发光，发热，发
背面的黑

即使陪着窗外的槐花微笑
我也会被亲人一样的风轻轻托着
落于幽暗黄土，卸下这原罪的肉身

原载于《朔方》2013年第8期

再给我一天

再给我一天吧，另外的一天
让我慢下来，慢到从早晨带
傍晚刚好是短暂的一生

我可以再次经历这匆匆而过的人世
可以面对你，攒够气力
用平缓的微风的语调
说够三个字

再给我一天吧，另外的一天
欢喜的一天，槐花的一天
虫豸的一天，在清晨就遇见你
中午相拥，傍晚如槐花落地

那就足够了，是的
星子初生，新月光华
对于你，我安然熄灭
那是足够的

原载于《边疆文学》2012年第12期

与友人行于傍晚原野

我们和沿途的槐树在原野一起散步，在傍晚
一起陷入昏黄的阔大背景，作为注脚的莎草
收藏了几只投诚的蝴蝶。往前走一截，
单薄的光线就被暮色削减一节

我们只是两只来历不明的虫子
今夜，可以留宿麻雀空洞的脏腑
可以相互纠缠，或者，在打碗碗花的枝蔓上
欲言又止，像落魄的匪徒只打劫一段微薄的沉默

原载于《同心》内刊

有　时

有时，我心有苍茫群山
一些鸟居无定所，像书本上
词不达意的文字
它们飞在意义之外
在宣纸上收翅
趾爪在树枝上收紧
要抓住什么

有时，虚构的山
空无一物

原载于《同心》内刊

云之南

——致陈鹏

我来时
有着红绿相间的好天气，树木已经还俗
翠湖的光线
折射了成群的红嘴鸥

在云之南，我关注群山苍茫间陈旧的石头
我还相信那些有弧度的水使我落下
宿醉的病症
温暖而软和

杨梅成酒，山茶花开在云朵之中
我爱上其中最红的一朵
我初次见到框树，它枝叶间的惊慌失措
提醒我异乡的口音多么刺耳

在清真餐厅，薄荷浓烈
我五脏杂草丛生
我们都忘记了冬天
拿着虚构的雪花

可以把一个人划拨给
另一个城市，他仅仅带着异乡风尘
落户于草木之中，像一株无花果树
不会水土不服

一个省份被群山和河流
标记，我属于这里的三千山峦
你在怒江吼叫的浪尖慢慢青郁
我们的回声属于天空

我在白天身患夜游症
在人流之中
我找不到归路
一只找不到岸的船在漂流

我克制表达的欲望，吊葫芦
克制高度，山峰克制
青草——无法预测的书写
有紧张的节奏感

我来时，冬天的明亮大于黯淡
我宽衣解带，湿热的水分
滚烫于心
没有一处属于我

我在云之南，送别寒暑
当我要走
我背负了一生的字迹
和字里行间的方寸浩荡

原载于《六盘山》2015年第2期

关于爱情我有我甜中泛涩的说辞

我们在一起已经不是美好的对仗：不是海枯对石烂、花前对月下
甚至不是比翼对双飞。现在，我们是彼此的深渊
是每一页日历被撕掉的荒芜，也是一株打碗碗花多余的两片叶子

我只在你日渐消瘦的影子里心安理得
你只在我日渐发福的说辞中度日如年
像一副碗筷，盛着个中滋味喂养另一半虚无

原载于《同心》内刊

在韦州

这是小人物存活的福祉——他们有着
声誉较好的血统和祖籍。戴着白帽的阿訇
胡须整齐，慈祥的像块长满苔藓的石头

一天之中为爱五次祈祷
一年之中一次宰牲
赎罪。给每个人都赋予圣者的名字

在韦州，命定的生活里
一切都相安无事，就连太阳
也会在傍晚把黯淡的头颅叩向宽阔大地

原载于《宁夏诗歌选》

西吉县

我这样写下一个小县的名字，在西北的另一个小县
我显得这样局促。西吉，西山上的爱还未尽
它曾那样的在我梦中一再亮起，像一团火焰
让我时刻惦记。那是不被人所知的
我咬着牙记起的地方——我坚持着
但我实在写不下去了

原载于《宁夏诗歌选》

坟茔

我的爷爷、三个奶奶、一位兄长在此
长长的沉眠，被黄土覆盖的身子里
不再有冰凉的苦难和眼泪的欢愉
我来到他们身边，我已记不清
他们的面容，坟茔上绿过的草
现在正枯黄着

这坟茔已接受了所有的人的睡眠
仅用一把黄土就概括了一个人有限的
一生——善良的或者卑微的。还留给
另一些人回忆，以备在忌日里想起些
什么

我必将要离开这里，把思念的空带走
在某个夜晚或清晨，放弃姓氏和履历
我必将要回到这里

原载于《朔方》2012年第4期

清水营堡

五月不是我的
我的五月在清水营堡的另一面
翻过一截土筑的长城
离我515年

遍野的莎草把风举在头顶
粗线条的风穿不透我
它们的四肢破败，茎秆沧桑
已经向挂在山坡上的一朵残云投诚

在清水营堡，
我路过的那些残砖断瓦都有着美好的过往
像芨芨草泛着青绿
一座城池的影子摇晃，安静、饱满

这个春天过于庞大
——是清水营堡的春天
天空赐予的光亮着
我在清水营堡斑驳，现已失存

原载于《同心》内刊

暂时叙述

我是暂时的，写下的诗句是暂时的。有那么一天
暂时的云朵照应风的暂时，暂时的花还在开着
——那是混迹丛草的大丽花，香气的末尾带着陈旧的颜色

我只是叙述，不抒情，暂时的诗句不能表达我对待人世的态度
你能读到的句子都是证据——在暂时的山间流过的细小河流
就像一节废弃的眼神，明亮、慈悲、柔软，用爱恨交加的起伏波澜
穿过这暂时的社稷，逼近下沉的巨大落日时有一刻的寻常的陌生

原载于《同心》内刊

小城里的生活中
有那么多的比喻句

我喜爱这小城里的烟火气：那些流亡的云朵牙齿老了
啃不动西山上的老槐
那些疯癫张狂的老槐舌头软了
说不清阳光的部队的阵列
阳光用大段的排比句修饰小城中的光亮
是的，它们存在暗喻

我在这小城只配拥有诗句和花朵
还可以默念一个又一个人的名字
有一个是你，有一个或许是你
不关云朵、老槐和阳光的事
是的，小城里的生活中有那么多比喻句
我比如你

原载于《同心》内刊

一首诗在梦中的真实记录

诗歌要砍人，那些词语和句子全部起义
与我刀兵相见，我趁黑突围
动词手持刀盾

我身中四刀，另有副词辱我，形容词骂我
我奋力相抗
计歼一百三十字

官府擒拿我与诗歌，我的敌人
在法庭据理力争，用词没有典故
我被押赴刑场，沿途有人哭出唱腔

我以命换字。复生之日，床头遗落诗稿
风吹进窗户，天空染墨
星星尚不明确

原载于《同心》内刊

失　语

这个春天是可以肯定的。我将
尽力而为，并做出判断

哦，真的

有些事你还是无能为力
你无法阻止一小股风
把那些初绽的花朵不断摇曳

原载于《同心》内刊

写给李小麦的便条

给你送过去的枣子是补血的，还有乌鸡
其实多吃点富含铁质的食物更好
别把脸上的粉刺当回事
那证明你还年轻

记得照顾盆花——它们和人一样需要水分和
阳光。顺便你应该看看天空
被我们遗忘很久的天空使我们的心情
总是低沉

原载于《西部》2010年第10期

种洋芋的人

——致马强

种吧！再一次做个农民
真实地向大地表达一次敬意
把那些切开的芋种深埋在地底
让它们再轮回一次

我的兄弟马强暂时放下城市的
尘埃，回到乡间种芋。他弯下腰
每种一次，就向土地鞠一次
七十度的躬

原载于《边疆文学》2012年第12期

应该为二虎写首诗

壮硕的身体，眉眼细小。这个
低智商的人穿街行巷，乞讨光阴
他的欲望不大于面值二元的人民币
没有看到他病过

应该为这个叫二虎的人写首诗
——卑微的生活中，每个人都应该骄傲地
存活下去

原载于《同心》内刊

冬：这寻常一日

这寻常一日：必有夕阳苍白长发
河流清澈目光，必有
薄霭从西山层次分明地展现
人间片刻的静谧

这寻常一日：“一九二九，关门蔽手
三九四九，冻破茬口”
小县城内人群四散，每个人都心怀荒芜
彼此远离，又试图相互靠近

有着表层岩石的冷
也有底层岩浆的热

原载于《朔方》2013年第8期

曼德尔施塔姆的寓言

必须羞怯。必须耻于对一节
圣人的诗歌喋喋不休的吟诵。天下有道
卡玛河岸的薄草在春天
生发。那俄罗斯如此消沉
左侧是西伯利亚的冷。右侧是
“毁约的土地”

原载于《燕赵诗刊》2013年第1期

托付的话

把我的托付给你
用一个譬喻：像一棵草把
一生的意义托付给绿

多么简单

我们相互印证，又
不可避免地暴露缺失的秘语

原载于《朔方》2014年第3期

就像记住一个人

我试图在曾经过往的一段路上还原
你的
微风的长发，你的
紫槐的眼神

那时，我用副词爱你
排成竖行的
病症

那一段路犹如往事
横亘在纸页上

我想你
甚或风雪的踪迹
甚或草木的生发

而现在
你额头花朵开放
面目光华

简单而激烈
高于一朵流逝的云
低于记忆

原载于《边疆文学》2012年第12期

冬天：如水阳光

隔着窗，那些阳光依然重重地
落在我身上，懒懒的暖意是重量的一部分

光影交错如水流过
当我从书本中挪开目光
清白的天空被窗棂一格一格
码得整整齐齐
这个冬天的安静或者寂寥
就在其中空着

原载于《边疆文学》2012年第12期

晚风吹

起始于箭杆杨一枚宽大的叶子，需要诉说
我平静的找不到自己的影子
在六月，箭杆杨墨守了森林的血统
向晚之风“吹为冬，呼为夏”，穿越山野
我心怀山川翠绿，河流汹涌

我透过栅栏看到自己的羊群
它们曾在我体内成长
那时，我幼小如它们中的一个
——捡到过晚风的碎片，和初显
光亮的星辰打过招呼，还有新月

我爱这晚风，爱它的歌唱
理智的轻柔，流动的四肢
我必将要写下：风，一个成长的动词
可以不用修饰
但可以后缀一个词——春天

我放弃书写一头薄命羔羊的退避
让时间再后退一步
用羊水和胎衣安慰疼痛
不诉说爱情，不提及幸福和

一只红嘴鸠的一生

我会在傍晚解释一株玻璃翠的开放
我的五指重新发芽，带着流水的根须
不涉及忧伤的那一部分
在来年，我和马苋花学会彼此相爱
和青蛙一起奏响生殖和赞美的曲子

春天，晚风不可设喻
不止歇的吹动在描述香茅草的命运
园蛛赋予紫花槐更多意义
它热情地对待每只自投罗网的蚊虫
只能做一个隐喻：像晚风一样

大地上新翻的泥土多么脆弱
我会在这里找到我的祖籍
找到我姓氏的呼吸和温热
这些都会被晚风再次印证
连同芨芨草摇动的触须的绿

我过多地顾忌越来越多的
阴影的身世，光亮的名字
一股晚风和十股晚风吹过
我只能坚信还有一股
必会吹拂我的出生和我命定的去向

原载于《诗刊》2012年第12期

几句关于山的闲话（代跋）

走近那些山是很容易的，要爬上去则要费很大力气。

我多是在仰望它们。

它们有着很好的名字：罗山、窑山、莲花山、花路坡、麦垛山、红山梁、大郎顶、官亭山、黄草岭、庙儿岭、马断头山……

这些山和人一样，都活着自己的瞬间和恒久，也在救赎自己。

山的间隙有条河。

那是条浑浊纤细的河流，名字叫清水河，蜿蜒摇摆而来，迤逦流淌而去，归于远处的黄河。

我就在这里，食人间烟火，看生老病死，送走一天又迎来一天，也写诗，在不能免俗的生活间隙探查虚无的意义。

然后，再去山上，那些横亘在眼前的山峦，就像诗句，一行一行整齐的从大地上凸起。

或许你读到了我惯用的词语：“高于”或者“低于”，那就是它们给我用来写作的视角。

2015年9月5日于办公室